AF357780

VENTE VOLONTAIRE PAR SUITE DE DÉCÈS

Le Lundi 23 Mars 1891 à deux heures

HOTEL DROUOT — SALLE N° 5

TABLEAUX MODERNES

DESSINS, EAUX-FORTES

MEUBLES D'ART

MODERNES ET ANCIENS

BRONZES — PORCELAINES — CURIOSITÉS — CADRES

EXPOSITION PUBLIQUE

Le Dimanche 22 Mars 1891, de 1 heure 1/2 à 5 heures 1/2

COMMIS^{re}-PRISEUR   EXPERT

Me Raoul CAVEROC   M. B. LASQUIN

rue de Châteaudun, 17   rue Laffitte, 12

PARIS — 1891

IMPRIMERIE MAULDE et RENOU

A. MAULDE & Cie

IMPRIMEURS DE LA COMPAGNIE DES COMMISSAIRES-PRISEURS

Rue de Rivoli, 144. — Paris

CATALOGUE

DE

TABLEAUX MODERNES

PAR

**Bergeret, Courbet, Damoye. Defaux. Delaunay, V. Gilbert
Hareux, Jeannin, H. Lebas, Le Blant, Legrand, Lenfant de Metz
Eug. Petit. etc.**

Dessins et Eaux-Fortes, et Cadres modernes

MEUBLES D'ART

MODERNES ET ANCIENS

Belles Bibliothèques Louis XV, Pendule style Louis XIV
Torchères, Chaise longue et Fauteuils Louis XIV
Chambre à coucher et Salle à manger
Salon de style Louis XIV en tapisserie. Piano d'Érard
Bronzes d'art et d'ameublement, Porcelaines montées, Faïences
Curiosités de l'Orient

DONT LA VENTE VOLONTAIRE, PAR SUITE DE DÉCÈS, AURA LIEU

HOTEL DROUOT — SALLE N° 5

Le Lundi 23 Mars 1891

A DEUX HEURES

Par le ministère de M° **Raoul CAVEROC**, Commissaire-Priseur,
rue de Châteaudun, 17

Assisté de **M. B. LASQUIN**, Expert, rue Laffitte, 12

CHEZ LESQUELS SE TROUVE LE PRÉSENT CATALOGUE

EXPOSITION PUBLIQUE

Le Dimanche 22 Mars 1891 de 1 heure 1/2 à 5 heures 1.2

PARIS — 1891

CONDITIONS DE LA VENTE

———

Elle sera faite au comptant.

Les Acquéreurs paieront CINQ POUR CENT en sus des adjudications.

A. MAULDE et Cie, imprimeurs de la Compagnie des Commissaires-Priseurs, rue de Rivoli, 144.   300—13307

DÉSIGNATION

—⁓⊷∾—

TABLEAUX

BERGERET

1 — Crevettes.

CHAMPAIGNE (Philippe de

2 — Le Parnasse.

> Esquisse du plafond de la chambre de Louis XIV au Château de Vincennes.

COIGNARD

3 — Paysage.

COURBET

4 --- Le Torrent.

DAMOYE

5 — Paysage avec rivière.

DEBAT--PANSAN

6 — Porte d'une ville d'Orient.

DARIEN

7 — Natures mortes.

Deux pendants.

DEFAUX

8 — La Forge.

DEFAUX

9 — Gardeuse de Moutons (Paysage de printemps).

DEFAUX

10 — Bords de la Marne, à Champigny.

DEFAUX

11 — Honfleur.

DEFAUX

12 — Marché de Pont-Aven.

Deux pendants.

DEFAUX

13 — Truie et Volatiles.

DEFAUX

14 — La Baie de Sainte-Adresse, au Havre.

DELAUNAY (J.)

15 — Artilleurs sous bois.

GILBERT (V.)

16 — La Cigarette.

HAREUX

17 — Singe et Perroquet sur une table avec Coupe de fruits renversée.

JEANNIN

18 — Vase de Fleurs.

LEBAS (H.)

19 — Marine.

LE BLANT

20 — L'Invalide.

LENFANT DE METZ

21 — Cavaliers et Amazones.

LENFANT DE METZ

22 — Le Souper.

MÉDARD

23 — Poste de Mobiles en 1870.

PETIT (Eugène)

24 — Pivoines.

ROUGIER (J.)

25 — Un Lansquenet buveur.

ÉCOLE MODERNE

26 — Étude de Marine.

——⊷⊶——

DESSINS MODERNES

Par Villette, Henry Somme, Saïm, Gide, Cappenolle,
Vierge, Boggs, Petit, etc.

——⊷⊶——

EAUX-FORTES

27 — Almanachs 1879, 1881, 1882, par Henry Somme, pièces d'État. — 1882, par Adeline. — 1883, par Pierre Morel.

28 — Environ 80 Eaux-Fortes de Charles Jacque.

29 — Eaux-Fortes de Tissot, de Pequegnot, de Flameng, Constantin, etc.

GRAVURES

30 — Collections de Portraits des XVIIe et XVIIIe siècles et contemporains.

   Livraisons de la *Gazette des Beaux-Arts* et de *l'Artiste.*

CADRES

31 — Environ 20 Cadres modernes dorés.

AMEUBLEMENT

32 — Grande et belle Vitrine-Bibliothèque à trois corps ; celui du milieu, du temps de Louis XV, cintré du haut, en marqueterie de bois de violette et bois satiné, ornée de bronzes dorés.

33 — Vitrine de même style que la précédente, cintrée du haut et à deux vantaux.

34 — Petit Meuble cabinet, à contours, de style L. XV, en bois de violette et satiné, orné de bronzes.

35 — Pendule d'un beau modèle Louis XIV, en marqueterie de cuivre et d'étain sur fond d'écaille, ornée de cariatides, d'appliques, de mascarons et surmontée d'une statuette de Renommée en bronze doré.

36 — Porte-Parapluie avec banquette en bois de noyer.

37 — Piano d'Érard en palissandre.

38 — Ameublement de Chambre à coucher de style Louis XV, en palissandre sculpté et ciré.

39 — Ameublement de Salle à manger, de style Henri II, en noyer.

40 — Ameublement de salon composé de sept Pièces de style Louis XIV en bois sculpté garni de Tapisserie de Nimes.

41 — Étagère de style Louis XVI à cannelures de cuivre.

42 — Étagère en chêne sculpté.

43 — Deux Supports à trépieds, formés de chimères, en bois sculpté et doré, à dessus de marbre.

44 — Deux Torchères formées de statuettes de nègres indiens.

45 — Deux Supports chinois en bois dur.

46 — Deux Fauteuils Louis XIV, en bois sculpté, l'un avec entrejambe.

47 — Chaise Louis XIV, en bois sculpté.

48 — Chaise longue Louis XIV, en bois sculpté.

BRONZES

49 — Deux jolies Statuettes d'Enfants, d'après PIGALLE, en bronze, à patine brune.

50 — Beau Groupe, en bronze, d'après CLODION : Nymphe et Satyre.

51 — Deux Chiens, en bronze, d'après Alfred BARYE.

52 — Brasero formé d'un Cavalier monté sur un cheval, bronze du Japon.

53 — Deux grandes Lampes formées de potiches en vieux Chine, à décor bleu, avec montures en bronze doré.

54 — Deux beaux Flambeaux, en bronze doré, de style Louis XVI, modèle à cariatides.

55 — Deux Chenets, en bronze, de style Louis XVI.

56 — Deux Flambeaux Louis XVI, en cuivre.

57 — Coupe ronde en marbre campan, avec monture à frise de rinceaux, de style Louis XVI.

58 — Deux Vases jardinières en bronze du Japon, ornés de deux anses Trompes d'Éléphants.

PORCELAINES, FAIENCES
CURIOSITÉS

59 — Deux grands Cornets en porcelaine du Japon, à fleurs émaillées, en couleur.

60 — Belle Garniture, composée d'une Coupe et de deux grands Vases en porcelaine tendre, fond bleu turquoise, décorés de sujets dans le goût de LANCRET et d'Attributs; montures en bronze de style Louis XVI.

61 — Deux Vases en faïence, à décor bleu, genre
Nevers.

62 — Deux Vases jardinières en céladon vert d'eau, avec
riches montures en bronze doré, de style Louis XVI.

63 — Deux Vases en terre laquée et aventurinée, sur
socles en bois sculpté.

64 — Jardinière en bois laqué, à décor d'oiseaux, avec
monture en bois de chêne.

65 — Deux Vases à couvercles, en cristal de Bohême
jaune, gravé à fleurs.

66 — Deux Vases de forme sphérique, en ancienne
faïence de Sinceny.

67 — Deux Plats en faïence de Rouen, à décor poly-
chrome rayonnant, dans des cadres en bois noir.

68 — Fontaine avec Bassin, en faïence artistique moderne, avec support en bois.

69 — Plateau en faïence, imitation de Foenza, à fond
bleu.

70 — Deux Coupes et deux Assiettes en faïence de
Rubelles.

71 — Deux Statuettes de Grenadier et de Voltigeur, en
faïence moderne, décorée en couleurs.

72 — Une Coupe et un Plateau en poterie de Satzuma.

73 — Plateau en émail cloisonné du Japon.

74 — Figurine chinoise en porcelaine.

75 — Deux Vases-Bouteilles en faïence artistique.

76 — Vase en porcelaine de Chine, monté en forme d'aiguière, en bronze, de style Louis XV.

77 — Miroir, supporté par un groupe en ivoire sculpté.

78 — Drageoir Louis XV, en ivoire sculpté.

79 — Deux petits Bronzes et divers petits Objets du Japon.

80 — Petit Baromètre sur panneau d'ébène, finement incrusté d'ivoire, à figures d'Enfants et Rinceaux.

81 — Trois Pitongs en ivoire laqué, sur un même socle, en laque du Japon.